La trahison du prince

Les Légendaires, volume 5. *Cœur du passé* – Sobral

Novélisation : Nicolas Jarry
Conception graphique du roman : Valérie Gibert et Philippe Sedletzki

Hachette Livre, 58, rue Jean Bleuzen, 92178 Vanves Cedex.

D'après l'œuvre de Patrick Sobral

LES LÉGENDAIRES

La trahison du prince

Les Légendaires

DANAËL

Le chevalier du royaume de Larbos est le chef des Légendaires. Son épée d'or est au service de la justice et a été forgée dans le monde elfique.

GRYF

L'homme-bête aux griffes capables d'entailler la roche est le meilleur ami de Danaël. Courageux et impulsif, il s'attire souvent des ennuis !

JADINA
La princesse magicienne a une grande maîtrise des sortilèges. Mais c'est aussi une enfant gâtée souvent insupportable !
RAZZIA
Le colosse de Rymar a une force hors du commun. Très loyal envers le groupe, il protégera toujours les Légendaires.
SHIMY
Cette elfe élémentaire est capable de fusionner avec l'eau et la terre. D'apparence réservée, elle n'hésite pourtant pas à dire ce qu'elle pense !

Comment tout a commencé...

Dans les montagnes de Shiar, s'élevait la plus étrange et maléfique des demeures : un château appelé Casthell. Encore plus étrange et maléfique était son propriétaire, craint et connu de tous sous le nom de Darkhell, le sorcier noir. Son ambition démesurée était de dominer le monde d'Alysia grâce à ses terribles pouvoirs magiques.

Mais ses plans de conquête étaient sans cesse déjoués par cinq justiciers incarnant les plus belles valeurs du monde d'Alysia : le courage, l'intelligence, la noblesse, la force et la pureté. On appelait ces héros les Légendaires !

Chaque nouvelle défaite affaiblissait Darkhell qui sentait sa fin proche. Il décida alors d'utiliser l'une des six pierres que les dieux avaient créées pour donner naissance à Alysia : la pierre de Jovénia. Elle devait lui permettre de retrouver la force de sa jeunesse.

Mais encore une fois, les Légendaires intervinrent et c'est alors que l'irréparable se produisit ! Pendant le combat, la pierre de Jovénia tomba... et se brisa. Darkhell reçut de plein fouet l'onde de choc magique et fut instantanément terrassé. Même le sombre château ne put contenir la formidable énergie de la pierre qui déchira le ciel des montagnes de Shiar, avant de recouvrir de sa lumière la surface du monde d'Alysia.

Un étrange phénomène se produisit alors : les habitants d'Alysia, tous sans exception, se mirent à rajeunir au point de redevenir des enfants !

Les Légendaires, malgré leurs pouvoirs, partagèrent le même destin que les autres qui les désignèrent comme seuls responsables du sortilège maudit. Chassés du royaume, ils décidèrent de mettre un terme à leur union et chacun partit vers sa nouvelle vie. C'était la fin d'une ère, la fin d'une époque...

RÉSUMÉ DU TOME PRÉCÉDENT

En retrouvant la mémoire, Élysio
a rejeté son identité de sorcier noir,
qui s'est matérialisée en un nouveau corps.
Élysio a aidé les Légendaires à combattre
cette réincarnation de Darkhell, au prix de
sa vie. Les Légendaires ont perdu un ami,
vaincu un ennemi, et sont plus que jamais
prêts à prouver au monde d'Alysia
qu'ils sont à nouveau dignes
d'être de célèbres héros...

CHAPITRE 1

Le prince fait son entrée !

La chaîne de montagnes de Shiar est une vaste mer de rochers qui domine une contrée lointaine et hostile.

Voilà plus de deux ans qu'aucun humain n'a osé s'y aventurer. Pourtant, une silhouette se hisse, mètre après mètre, entre les pics acérés, bravant l'orage et les bourrasques de vent. Son œil rouge transperce les

ténèbres tandis que sa main d'acier racle la pierre pour y trouver une prise. Soudain, la roche friable cède, et la silhouette tombe dans le vide. Son bras de métal se tend et le grimpeur se rattrape à la paroi. Ses griffes profondément enfoncées dans un rocher, il reprend sa lente ascension.

Chaque mètre peut être le dernier, il en est conscient, mais il est préparé... et il n'a plus rien à perdre. Il sait que ce qu'il cherche se trouve ici.

Il le faut ! Puisque c'est ici que tout a commencé...

La silhouette resserre les pans de sa cape en lambeaux autour de lui tandis que le vent rugit à ses oreilles. Un froid terrible le transperce, son corps est épuisé, mais il jubile. Il se dresse et contemple le but de son périple : Casthell !

La citadelle était autrefois la demeure de Darkhell, le sorcier noir. Aujourd'hui, il n'en reste que des ruines qui s'élèvent au milieu d'un lac de lave. Malgré l'état de délabrement de la forteresse, celle-ci semble

juste attendre le signe d'une renaissance...

La silhouette étend les bras devant elle et éclate d'un rire malveillant...

Laissons là ce sinistre personnage riant au milieu de cette sombre contrée !

Deux mois plus tard, une belle journée ensoleillée illumine un endroit un peu plus accueillant : le village de Pinkouli. La petite ville, construite au bord d'un fleuve, respire la tranquillité et la joie de vivre. Enfin, au moins en apparence...

— Ô, grand Boofankor ! Aujourd'hui est le jour de l'offrande ! Épargne nos récoltes en échange de ce sacrifice humain !

Le prêtre qui vient de parler se tient sur un ponton qui surplombe le fleuve. Derrière lui, une jeune femme

encapuchonnée est attachée à un poteau entre deux grosses jarres. Le prêtre ne quitte pas le fleuve des yeux. Au bout d'un moment, comme rien ne se passe, il se tourne vers la prisonnière.

— J'espère que votre plan va fonctionner, sinon...

Alors Jadina, la princesse-magicienne, relève la tête en souriant.

— Ne vous inquiétez pas ! répond-elle. Nous, les Légendaires, allons régler son compte au monstre qui terrorise votre village. Hein, les gars ? ajoute-t-elle en se tournant vers la jarre de droite qui remue étrangement toute seule.

— Ouais, eh ben qu'il se dépêche un peu, l'autre ! J'commence à avoir des crampes, à poireauter là-dedans, râle Gryf, l'enfant-fauve.

Il essaie de se masser la nuque malgré le manque d'espace de la cachette.

— Arrête de te plaindre sans cesse, Gryf ! s'agace Danaël, le chevalier à l'épée d'or, qui se trouve lui aussi dans la jarre. On est tous logés à la même enseigne.

Jadina soupire et se tourne vers l'autre jarre.

— Et toi, Shimy ? Pas trop à l'étroit avec Razzia ?

— La ferme, Jadina ! hurle l'elfe élémentaire, écrasée par son imposant compagnon.

L'eau du fleuve bouillonne. Soudain, un aileron de la taille d'une voile de navire émerge de la surface et file droit vers le ponton.

— Le... Le... Le Boofankor ! hurle le prêtre en prenant ses jambes à son cou. À vous de jouer, maintenant ! Tchao !

— C'est ça ! À un d'ces quatre ! soupire Jadina.

Elle dénoue les liens de ses poignets et empoigne son puissant bâton-aigle. Au même instant, le Boofankor jaillit hors de l'eau dans un formidable rugissement. La créature monstrueuse fait plus de dix mètres de haut, et sa gueule hérissée de crocs est assez vaste pour ne faire qu'une bouchée de la Magicienne,

tandis que chacun de ses six yeux noirs l'observe avec gourmandise.

— Légendaires, en avant ! s'écrie Jadina.

Mais elle a oublié de dénouer les liens qui lui entravent les chevilles et s'étale de tout son long. Le Boofankor la considère presque avec étonnement avant de s'approcher.

— Les gars, ce serait bien de m'aider, là ! murmure la magicienne, en tentant de rattraper son bâton.

— On... On est coincés ! avoue Danaël en essayant vainement de dégainer son épée d'or.

Les villageois, cachés derrière les arbres, observent la scène, dépités.

— Rappelez-moi qui a eu l'idée de faire appel aux Légendaires plutôt qu'aux Fabuleux ?! soupire le prêtre.

— C'est toi ! rétorque le médecin du village.

— Ah ? Désolé...

Sur le ponton, le Boofankor s'apprête à dévorer Jadina. Soudain, Razzia jaillit de la jarre, envoyant valser la pauvre Shimy qui était cachée avec lui. Le poing du colosse atteint le Boofankor sous le museau.

— On manze pas les copines !

Danaël sort de sa jarre pour passer à l'attaque, mais il est projeté dans l'eau. Shimy libère Jadina, et elle utilise son pouvoir de fusion élémentaire pour aider le chevalier. Razzia, lui, arrache le poteau autour duquel la magicienne était ligotée.

— Zadina ! Prozette-moi zur le Boofankor avec ton bâton mazique ! dit le colosse en brandissant le poteau comme un énorme gourdin.

— D'accord ! Bâton-aigle ! invoque la magicienne.

Son pouvoir soulève Razzia dans les airs et le projette sur le monstre.

— Boofankor ! Bouffe-moi za ! s'écrie Razzia, en lui fracassant son arme sur le crâne.

La créature vacille et s'étale de tout son long, arrachant une partie du ponton dans sa chute. Aussitôt, les villageois poussent des cris de joie et viennent les rejoindre.

— Alors, c'est qui les plus forts ? dit Jadina. Ne répondez pas tous à la fois !

— Bon, passons aux choses sérieuses ! déclare Gryf.

Il sort un contrat de sa poche et le montre au prêtre, surpris.

— Sauvetage d'un village de plus de 500 habitants, mise hors service d'un monstre de catégorie C, et

assurance, je vous fais cadeau des frais de déplacement, énumère l'enfant-fauve. Vous nous devez la somme de 3 000 kishus hors taxes.

— Quoi ? s'exclame le prêtre. Il faut qu'on vous paie ? Non mais c'est quoi, cette histoire ?

— Laissez-nous vous expliquer, répond Danaël, honteux. Depuis que nous avons perdu le titre de « héros officiels », nous ne touchons plus le S.M.H.A. (Salaire Minimum des Héros d'Alysia) ! Alors on demande une… « petite » compensation pour service rendu.

— On n'a pas à se justifier ! s'agace Gryf.

— Pas question qu'on vous donne un seul kishu ! réplique le prêtre en se mettant à trembler.

— Ah ouais ? Et pourquoi za ? demande Razzia.

— Parce que le Boofankor est toujours en vie !

En effet, la créature se redresse en écumant de rage. Mais au même moment, un cavalier surgit sur le ponton.

— Plus un geste, Légendaires ! Laissez-moi prendre la relève ! s'écrie l'inconnu avec assurance en armant les lames de son bouclier-boomerang multilames.

Sa monture bondit en avant.

— Le monstre que vous appelez Boofankor fait partie de la famille des hydronides. Ce qui signifie que,

pour le terrasser, il faut l'atteindre au cerveau… qui se trouve au bout de sa queue !

Il déclenche le mécanisme de son bouclier-boomerang qui s'envole en tourbillonnant. L'arme tranche d'un coup la queue de la créature. Le Boofankor tombe alors, foudroyé.

— Résultat immédiat ! déclare le cavalier en rattrapant son bouclier-boomerang.

Il saute de sa monture en faisant une roulade et atterrit devant les Légendaires médusés. L'inconnu est vêtu de riches étoffes bouffantes. Son gilet de satin brodé de fils d'or est ouvert sur son torse musclé. Le saphir qu'il porte au milieu du front scintille tandis qu'il secoue son épaisse chevelure émeraude.

— Admirez l'entrée en scène ! Je l'ai travaillée pendant des semaines !

Puis il s'approche de Jadina.

— Dina, quel plaisir de te revoir après toutes ces années ! Eh bien, tu ne m'embrasses pas ?

— Dina ? s'étonne Gryf. C'est toi qu'il appelle comme ça, Jadina ? Tu connais ce type ?

— Halan ? dit la magicienne. C'est... C'est toi ?

— Prince Halan ? grogne Danaël.

— Qui ? l'interroge Shimy.

— Ha ! Ha ! J'en oublie les convenances, navré ! sourit l'étranger. Je suis le prince Halan, héritier du trône de Sabledoray... et le fiancé de la princesse Jadina !

— Fiancé ? s'écrient ensemble les Légendaires.

— Halan... Tu vas arrêter avec ça, oui ? s'énerve Jadina. Ce sont nos parents qui nous ont fiancés à notre naissance ! En ce qui me concerne, ça ne signifie rien !

— Allez droit au but, prince Halan ! l'interpelle Danaël. Voyez-vous, nous sommes particulièrement occupés, en ce moment !

— J'y viens, lieutenant, pardon, « chevalier » Danaël. En fait, j'ai une mission pour vous, Légendaires. Pour aller droit au but comme vous dites... il se passe quelque chose à Casthell !

CHAPITRE 2

Les rivaux

Le navire file comme le vent, et plus vite encore ! Il vole sur la crête des vagues dans le soleil couchant...

— Waouh ! Za, z'est du bateau ! s'exclame Razzia. Conzeption elfique, hein ?

— Vous êtes un connaisseur, guerrier Razzia ! dit le prince. Aimeriez-vous en posséder un ? Il se trouve que ma flotte...

— Mes Légendaires ne sont pas à vendre ! le coupe sèchement Danaël.

— « Tes » Légendaires ? le reprend Shimy.

— Je ne souhaite acheter personne… s'excuse le prince.

— Pas à vendre, pas à vendre... grogne l'enfant-fauve. Et on va vivre de quoi, hein ? Je te rappelle qu'on a quitté Pinkouli sans un kishu en poche !

— Ah ! L'argent ! Source de tous les maux ! soupire le prince en haussant les épaules.

— Arrête ton numéro, Halan ! s'impatiente Jadina. On a accepté de monter à bord de ton navire, alors raconte ton histoire. Qu'attends-tu des Légendaires ?

Le prince acquiesce et commence :

— Il y a environ deux mois de ça, des éclaireurs de mon pays ont

aperçu d'étranges lumières venant des montagnes de Shiar, plus précisément des ruines de Casthell. Par la suite, mes mages ont confirmé une concentration anormale de magie. Donc, soit le fantôme de Darkhell a repris possession des lieux… soit Casthell a un nouveau propriétaire.

— Ce qui n'est guère plus rassurant. Merci de nous avoir prévenus, déclare Danaël. Si vous pouviez nous débarquer au plus près avant de rentrer en Sabledoray, nous...

— Oh ! Mais nous nous sommes mal compris, chevalier, l'interrompt Halan. Je viens avec vous !

— Non mais ça va pas la tête ? s'exclame Jadina en lui agitant furieusement le bâton-aigle sous le nez. C'est pas la place d'un prince !

— Tu devrais me comprendre, Dina ! Tu as renoncé à ta royauté

pour devenir Légendaire. Moi aussi, je veux donner un sens à ma vie !

— Tu es une tête de mule, Halan !

— Il peut venir ! la coupe Danaël, contre toute attente.

Jadina est atterrée.

— Ha, je savais que je pouvais compter sur votre avis éclairé ! sourit Halan.

— Entendons-nous bien, prince, ajoute Danaël. Vous vous joignez à nous parce que ce sont vos informations.

Mais c'est moi qui dirigerai cette mission.

— À vos ordres, chevalier !

À la nuit tombée, les Légendaires gagnent leurs cabines tandis que le navire continue sa course silencieuse.

Gryf et Danaël partagent la même cabine. Le chevalier regarde le plafond de la pièce. Il semble préoccupé.

— Dis, Danaël… Tu n'as pas l'air d'apprécier le prince. Ça fait longtemps que vous vous connaissez ? l'interroge Gryf.

— Ça remonte à l'époque où j'étais un soldat de l'armée des Faucons d'Argent, répond le chevalier. Le roi Larbosa nous avait envoyés en Sabledoray parce que le prince Halan avait requis nos services. Sa fiancée, Jadina, devait le rejoindre

pour préparer la cérémonie de mariage. Or, en cette période troublée, Darkhell avait tenté à plusieurs reprises de la kidnapper. Voulant la savoir en sécurité, Halan a chargé les Faucons de l'escorter. Les traités signés entre Larbos et son pays nous imposaient d'accepter cette mission. Mais je n'avais qu'une envie, lui faire ravaler son arrogance.

— Ah ? s'étonne l'enfant-fauve. Moi je le trouve plutôt sympa ! Si je comprends bien, c'est un peu grâce à lui que tu as rencontré Jadina, alors ?

— Hum... Au cours de cette mission, je l'ai sauvée d'une énième tentative d'enlèvement. Cette rencontre a changé nos vies ! Unis par le même idéal de justice et de paix, Jadina et moi avons décidé de former un groupe de héros au-dessus de la politique et des compromis.

Gryf s'est assis à côté de Danaël, et s'amuse à le chatouiller de sa queue de lion.

— Hum ! Donc, sans toi, Jadina aurait épousé le prince Halan ?

— Où veux-tu en venir ? s'agace Danaël.

— Halan pourrait profiter de la mission pour séduire Jadina, le nargue Gryf. Et ça, ça rend « monsieur » fou de jalousie !

— Mais pas du tout ! s'emporte le chevalier. Et d'abord, enlève tes poils de mon visage !

Adossé à la fine cloison du couloir qui relie les cabines, Halan espionne la discussion tout en finissant de rédiger un message.

— Votre ami a raison, chevalier Danaël, murmure-t-il dans la pénombre. Jadina sera bientôt mienne ! Et ce, grâce à vous !

CHAPITRE 3

La course de volanthyls !

Le lendemain matin, le navire elfique manœuvre avec agilité entre les récifs de l'archipel des naufragés, quand Jadina émerge enfin de sa cabine. Elle pousse un bâillement sonore.

— Haaa... C'que c'est bon de dormir dans un vrai lit ! Qu'est-ce que vous faites ? demande-t-elle à Razzia et Shimy, accoudés à la proue du navire.

— On regarde un concours de machos, répond l'elfe en poussant un soupir d'ennui.

— Moi, ze trouve za cool ! s'exclame le colosse. Viens voir, Zadina ! Tu devrais aimer.

La magicienne s'avance. Soudain, dans une gerbe d'écume, Halan et Danaël surgissent de derrière une petite île. Ils chevauchent des poissons volants aux formes effilées. Ils sont au coude à coude et semblent redoubler d'efforts pour prendre la tête de la course.

— Que... ? s'étrangle Jadina. Ils font une course de volanthyls ?!

Les deux protagonistes passent devant le navire à toute vitesse avant de disparaître à nouveau derrière une barrière de corail.

— Déclarez forfait, chevalier ! J'ai été champion du monde par deux

fois ! fanfaronne Halan, coupant la route à son rival.

— Oh, ne vous souciez pas de moi ! rétorque le Légendaire en reprenant l'avantage. J'apprends très vite, vous allez vous en rendre compte rapidement !

Sur le pont du navire, les compagnons ont perdu les deux garçons de vue.

— Danaël ne sait même pas nager !

s'inquiète Jadina. Qu'est-ce qui lui prend de faire cette course ?

— Il la fait peut-être pour les beaux yeux d'une fille, tiens ! répond Gryf.

— Tu veux dire que Danaël et Halan ont flashé sur Shimy ?!

— Jadina, ce que tu peux être tarte, des fois ! réplique l'elfe.

En mer, le prince est repassé devant.

Mais alors que Danaël s'apprête à le doubler sur sa gauche, ils se retrouvent face à un gigantesque vaisseau pirate. Le navire est taillé pour l'abordage. Sa proue démoniaque fait plus de huit mètres de haut, sur ses flancs s'ouvrent des canonnières, et une véritable tour de siège s'élève à l'arrière. Un éclair rouge sang est brodé sur la grand-voile.

— C'est pas vrai ! s'écrie Halan

dont le visage exprime plus l'agacement que la peur.

— Ce sont des pirates, dit Danaël en reprenant le contrôle de sa monture. Vite, prince ! Regagnons le navire et préparons-nous au combat !

Mais Halan ne bouge pas. Il fait signe au chevalier de partir.

— Rentrez seul ! Je vais négocier avec les pirates !

— C'est de la folie !

— Tant que nous ne sommes pas à Shiar, c'est moi qui décide !

— Comme il vous plaira, répond le Légendaire en faisant demi-tour.

Sur le navire, ses compagnons inquiets scrutent l'horizon.

— Regardez ! s'écrie Jadina. Danaël revient seul ! Pourvu qu'il ne soit rien arrivé à Halan !

— Dis-moi, tu t'inquiètes plus pour Danaël ou pour le prince ? demande Shimy.

— Qu'est-ce que c'est que cette question ? s'agace la magicienne.

L'elfe hausse les épaules en se détournant.

—Je crois que tu devrais avoir une discussion avec Halan, parce que je n'ai pas l'impression qu'il ait tiré un trait sur toi.

— Enfin, c'est n'importe quoi ! Halan et moi, on se connaît depuis notre enfance. Mais ce sont nos parents qui avaient décidé de notre union. Il n'a jamais été amoureux de moi !

— C'est toi qui le dis… réplique Shimy.

— Moi, ze zuis azzez de l'avis de Shimy ! approuve Razzia.

Jadina se tourne vers Gryf.

— Et toi ? Qu'est-ce que tu en penses ?

— Je suis d'accord avec eux. Et je crois que ça n'a pas échappé à Danaël non plus. Fais en sorte que la

situation ne mette pas la mission en danger.

La magicienne hoche la tête, pensive. Elle comprend qu'elle doit faire un choix.

CHAPITRE 4

Débarquement en zone ennemie

— Vous auriez dû voir la tête de Danaël ! Il croyait que les pirates allaient me faire prisonnier, ou pire encore ! se moque le prince qui a regagné le navire peu de temps après le chevalier.

Lui et les Légendaires sont attablés pour le repas du soir.

— Vous avez quand même été bien imprudent ! dit Danaël, vexé.

— Alors vous dites qu'ils étaient perdus ? demande Shimy à Halan.

— Oui ! Et il ne s'agissait pas vraiment de pirates mais de trafiquants de fourrures en route pour Rymar.

— Rymar ? Ce n'est pas vraiment à côté, dites donc ! s'étonne Danaël.

— D'où le sens du mot « perdus ».

Le prince se tourne vers la magicienne qui reste songeuse.

— Eh bien, Dina, tu ne manges pas ? Je sais que tu n'as plus l'habitude des plats raffinés, mais je pensais que…

— Je... Je n'ai pas très faim.

L'un des marins entre et dit quelques mots à l'oreille du prince.

— Chers invités, on m'apprend que les portes de Shiar sont en vue, déclare alors Halan en se levant. Si vous voulez bien me suivre... Je crois savoir que ça vaut le coup d'œil !

Le navire elfique glisse en silence sous le regard voilé des deux lunes d'Alysia. La surface de l'eau est aussi calme que celle d'un lac. Une falaise naturelle, semblable à un gigantesque mur d'enceinte, empêche les bateaux d'accoster. Le navire la longe jusqu'à une brèche gardée par deux colossales statues de Darkhell, le sorcier noir.

— Waouh ! s'exclame Razzia. Les portes de Shiar... Elles me filent encore pluz les chocottes après toutes zes années.

— Pareil, murmure Shimy en réprimant un frisson.

— En y repenzant, la dernière fois qu'on les a vues, on était un peu plus grands. Hein, Zadina ?

Mais la magicienne, toujours préoccupée, ne semble pas l'entendre.

— Zadina ?

Elle sursaute.

— Tu zais, Zadina, il ne faut pas que notre dizcuzzion de ze matin te prenne la tête...

— Non, vous avez eu raison d'attirer mon attention sur le problème d'Halan... C'est vrai qu'en le revoyant, je me demande comment aurait pu être ma vie si je l'avais épousé.

— Il n'y a pas de réponze à zette queztion, mais peut-être que ze voyaze est une bonne occasion pour t'en poser une autre. Quelle plaze occupe Danaël dans ton cœur ?

Jadina hausse les épaules : elle-même ne sait pas y répondre.

Le navire elfique a viré de bord pour s'engager entre les deux titans de pierre. Au loin, les montagnes de Shiar découpent l'horizon comme des crocs acérés.

Danaël et Halan sont ensemble dans le poste de pilotage. Alors que le prince fait tourner la barre d'un quart de tour pour éviter des récifs, le chevalier étudie une carte de la région.

— Si nous accostons demain à l'endroit prévu, il ne nous faudra pas plus de deux jours pour atteindre Casthell, calcule le chevalier.

— Un jour suffira ! le reprend le prince. Vous comptiez vous y rendre à pied ? Nous irons plus vite à dos de chokapyk ! J'en ai plusieurs à bord.

— Eh bien, vous avez vraiment pensé à tout...

— Hum, vous n'avez pas idée, marmonne le prince pour lui-même.

Le lendemain, une épaisse couche de nuages masque le soleil. Un vent froid souffle sur la plage de galets. Après avoir fait débarquer les chokapyks, de rudes montures capables de galoper pendant plusieurs jours sans boire ni manger, les Légendaires et le prince s'enfoncent dans les terres de Shiar.

— Surtout, cramponnez-vous bien ! Les chokapyks sont infatigables et tout-terrain, mais ils ne sont pas très confortables ! les met en garde Halan quand ils arrivent sur un chemin accidenté.

— Ne m'en parlez pas ! ronchonne Gryf.

— Toi, par contre, monter un chokapyk n'a pas l'air de te poser

problème, Zadina ! constate Razzia, qui a l'arrière-train tout endolori par le voyage.

— J'en fais depuis que je suis toute petite, tu sais. C'est mon oncle qui m'a appris.

— Mais oui, ce bon vieil oncle Cylbar ! s'exclame le prince. Tu te

rappelles ces courses endiablées que nous faisions avec lui ?

— Et comment !

Le souvenir de ces bons moments fait sourire la magicienne.

— Pff ! Essayez plutôt de monter un culbutar sauvage et on en reparlera ! dit Danaël, agacé par leur complicité.

Après avoir longé une rivière boueuse, ils traversent une forêt d'arbres fossilisés.

— Heu... Dites-moi si je me trompe, mais il me semble que ce n'est pas le bon chemin pour rejoindre Casthell, déclare Shimy.

— Halan ? interroge Jadina en se tournant vers lui.

— Nous faisons juste un détour, explique le prince. Les éclaireurs dont je vous ai parlé nous attendent. Leur campement est tout près d'ici ;

peut-être auront-ils de nouvelles informations...

— Quoi ?! s'emporte Danaël. Vous avez laissé des hommes ici ? Vous ne savez donc pas à quel point les montagnes de Shiar sont hostiles ? Qu'avez-vous dans la tête ?

Jadina acquiesce.

— Mes soldats sont des combattants aguerris, ils en ont vu d'autres, croyez-moi ! réplique Halan en balayant la remarque de la main.

— Puisse la suite des événements vous donner raison ! dit sombrement Danaël.

Gryf fait une grimace. Lui aussi, il sent les ennuis arriver !

Il se met peu à peu à pleuvoir. D'abord doucement, puis une véritable averse s'abat sur les six voyageurs.

CHAPITRE 5

La magie de Jadina

La pluie ne cesse pas de toute la journée. Lorsqu'ils atteignent le campement, les chemins ne sont plus que des torrents de boue. Ils sont trempés et épuisés, et la pluie brouille leur vue ; pourtant, tous comprennent qu'il s'est passé quelque chose de grave. Ils talonnent leur monture.

Les tentes sont éventrées et les uniformes des soldats traînent sur le sol. Les lieux semblent déserts.

— Ce coup-ci, j'aurais préféré me tromper, murmure Danaël.

— L'attaque est récente, constate Gryf en fouillant les décombres. Cinq jours, une semaine maximum.

— Oui, mais une attaque de quoi ? demande le chevalier.

— Aucune idée, répond Shimy en constatant les dégâts. Mais la bataille a été terrible !

— Quelle bataille ? Il n'y a même pas de corps ! fait remarquer Jadina.

— Il ne reste de mes soldats que leurs uniformes, dit Halan en ramassant un gilet de cuir portant une longue déchirure. Que s'est-il passé ?

— Hum... Des vêtements sans corps... ça me rappelle quelque chose, murmure Danaël.

— Des darkhellions ! hurle soudain Razzia.

— Des quoi ? s'étonne le prince.

Dans son dos, une ombre monstrueuse, dont le corps semble constitué de boue, vient d'émerger du sol.

— Baissez-vous, prince ! crie Shimy.

Elle concentre son pouvoir en

une puissante attaque élémentaire : la terre s'ouvre et engloutit la créature. Mais dans l'instant qui suit, de nouveaux ennemis jaillissent autour d'eux, les encerclant.

— Il en sort de partout ! hurle Gryf en frappant son adversaire.

Le coup touche sa cible sans même la ralentir !

— Ces ombres liquides sont insensibles aux coups physiques ! Seules sont efficaces des armes magiques comme la mienne ! les avertit Danaël.

Il brandit son épée d'or, et tranche son attaquant au niveau de la taille.

— Ou la mienne ! réplique Jadina en levant son bâton. Dieux de la lumière, écoutez ma prière !

Elle s'élève dans les airs en invoquant son pouvoir qui illumine le champ de bataille.

— Par ce symbole, j'en appelle à votre clarté céleste !

— Le bâton-aigle, murmure Halan, fasciné.

— Luzaria... Célestia... Maxima ! clame Jadina, possédée par une force supérieure.

La lumière grandit jusqu'à ce qu'une violente explosion de magie balaie tout le campement, réduisant les créatures en poussière.

— Imprezzionnant ! s'exclame Razzia. Les ombres ont été complètement vaporisées !

— Jadina, ça va ? s'inquiète Shimy.

La magicienne est agenouillée sur le sol. Toutes ses forces semblent l'avoir abandonnée. Son visage est pâle et elle tremble.

— Pas top ! sourit-elle. J'ai frisé l'incantation interdite avec ce sort. Alors forcément, je suis un peu secouée !

— L'incantation interdite ? répète le prince en ramassant le bâton-aigle qui lui a échappé dans sa chute. Tu veux dire qu'avec ceci, tu es capable d'incanter la « fusion divine » ? Ton bâton-aigle est vraiment stupéfiant !

Je comprends qu'il soit unique au monde.

— Fais attention avec ça, Halan ! le met en garde Jadina. Rends-le-moi !

Mais alors qu'elle tend la main pour le récupérer, le prince la fixe d'un regard étrange.

— Halan ? s'inquiète Jadina, mal à l'aise. Rends-le-moi.

— Il ne t'écoute pas, Jadina ! réplique Danaël en arrachant le bâton-aigle des mains du prince. Comme il ne m'a pas écouté lorsque je lui ai expliqué l'erreur qu'il avait faite en laissant des hommes ici !

— Mourir est le risque que court tout soldat ! réplique Halan, piqué au vif.

Danaël s'agenouille pour ramasser une longue aiguille qui traîne dans la boue et la montre au prince.

— Sauf que vos soldats n'ont pas

été tués ! Vous voyez ceci ? C'est un dard de darkhellion ! Toute personne qu'il touche se transforme en créature sans âme au service du mal. Est-ce que vous comprenez le sens de mes paroles ?

— Les ombres qui nous ont attaqués... étaient en fait mes hommes ? murmure Halan, bouleversé. Je... Je...

— Vous savez quoi, prince Halan ? hurle Danaël en le prenant par le col

de son gilet et en le menaçant avec le dard. Je ne sais pas ce qui me retient de vous plonger cet aiguillon dans le corps ! Histoire que vous partagiez le sort de vos soldats. Qu'en dites-vous ?

Il ne voit pas venir la gifle. La magicienne, furieuse, frappe le chevalier qui part en arrière, plus blessé dans son amour-propre que dans sa chair.

— Mais... Jadina... balbutie Danaël.

— Tu sais, Danaël, les autres m'ont demandé de faire en sorte que la présence d'Halan ne représente pas un danger pour la mission… Mais en fait, c'est toi qui la mets en péril avec ton comportement. Si tu n'es pas capable de laisser de côté tes différends, peut-être vaut-il mieux que ce soit moi qui conduise cette mission !

— Tu veux la place de chef ? réplique Danaël, vexé. Très bien, elle est à toi ! Mais je ne suis pas le seul à avoir un problème avec mes sentiments !

— Je suis une grande fille, merci ! Allez, tous en route ! déclare Jadina.

— Danaël... ça va ? demande Razzia en posant une main amicale sur l'épaule du chevalier.

— Vous avez entendu le « chef » ? dit le chevalier d'une voix dure, écartant la main de son ami. Tous en route !

CHAPITRE 6

La trahison !

Les six compagnons, menés par Jadina, longent une vaste plaine rocailleuse sous un soleil voilé. Puis ils contournent un lac avant de s'engager sur le sentier qu'ils avaient emprunté trois ans auparavant, alors qu'ils étaient venus affronter Darkhell dans son antre. Le passage étroit contourne les cols battus par les vents, mais la tension qui règne au sein du groupe rend la traversée lugubre.

C'est le cœur glacé que les cavaliers approchent de leur destination.

Un large panache de fumerolles se dessine à l'horizon. Jadina ordonne une halte. Ils mettent pied à terre et rejoignent le bord de la falaise. Au milieu d'un vaste lac de lave, la citadelle domine le paysage. Ses tours en ruine sont plus menaçantes que jamais.

— Mes amis, nous y voici. L'ancienne forteresse de Darkhell ! déclare Jadina.

Puis, voyant les créatures ailées qui rôdent dans le ciel autour de Casthell, elle ajoute :

— Les darkhellions sont là, eux aussi, chiens de garde toujours fidèles au poste, malgré la disparition de leur maître !

— Sales bestioles ! grimace Gryf.

— Et comment rentre-t-on dans le château sans se faire repérer par ces monstres ? demande le prince.

— De la même manière que la fois où on est venus mettre la raclée à Darkhell ! En faisant le coup du pazzage zecret ! lance Razzia en se dirigeant vers la paroi rocheuse la plus proche.

Il écarte une énorme dalle de granit, révélant un tunnel.

— Ben, mince alors ! s'exclame Halan, impressionné. Comment avez-vous découvert ce passage ?

— Découvert ? Ha ! Ha ! Z'est moi qui l'ai creusé ! Z'est pas de la gonflette, za ! fanfaronne le Légendaire en faisant jouer ses muscles.

Jadina leur fait signe de se taire et s'engage dans le tunnel, son bâton-aigle dissipant les ténèbres.

Après une centaine de mètres de marche silencieuse, ils débouchent dans un gouffre naturel où l'air est suffocant, à cause de la lave qui s'écoule le long de la roche.

— Ah ! Z'était plus petit dans mes zouvenirs !

Alors qu'ils traversent un pont surplombant la lave, le prince Halan se rapproche de la magicienne.

— Dina ! Ce matin, quand tu t'es servie de ton bâton-aigle contre les ombres, j'ai cru voir une forme ailée derrière toi. Est-ce que j'ai rêvé ?

— C'était Jadilyna, répond la princesse. Jadilyna est mon ancêtre, et son esprit se trouve dans le bâton-aigle. C'était une grande magicienne en plus d'une formidable guerrière.

À sa mort, elle s'est transformée en ange gardien et a veillé sur toutes les générations qui ont possédé ce bâton. Lorsque j'invoque une magie très puissante, il arrive que son aura apparaisse pour me donner du courage. C'est ce que tu as dû voir au moment de l'incantation.

— Vraiment, ton bâton-aigle est plein de surprises ! s'exclame Halan. Et il est encore plus puissant que ce qu'on m'a dit.

— « On » ? l'interroge Jadina, méfiante.

— Bah, tu sais !... les gens, quoi ! bafouille le prince. Ha ! Ha ! Ha !

— Tu es sûr que ça va, Halan ? s'inquiète Jadina.

— Oui, bien sûr ! assure le prince en repartant.

Au bout du pont, ils gravissent un escalier taillé dans la roche et franchissent un mur effondré qui mène aux oubliettes de Casthell. Ils empruntent le couloir rejoignant la salle de garde, déserte, et se figent devant l'escalier en colimaçon qui conduit aux étages supérieurs.

— Il y a des torches allumées dans les escaliers ! s'étonne Jadina. Quelqu'un a donc bien élu domicile ici. Suivons la lumière !

— Il faut d'abord établir un plan en cas d'attaque ! l'arrête Danaël.

— Nous avons l'avantage de la surprise ! réplique la princesse. Tu as accepté de me confier l'équipe, alors accepte mes décisions également ! On y va !

Ils traversent deux grandes salles avant de s'engager dans le passage menant à l'ancien laboratoire de Darkhell. Soudain une série de cliquetis retentissent et, l'instant d'après, le sol se dérobe sur leurs pieds. Les six compagnons chutent dans les ténèbres. Ils tombent sur un toboggan de pierre qui les conduit violemment au cœur d'une salle secrète du château.

Un homme doté d'une main en acier se tient maintenant devant eux, les poings sur les hanches. Une partie de son visage est en métal et son œil gauche, artificiel, pulse d'une lueur rouge. Il n'est pas seul dans la salle : autour de lui, il y a une vingtaine de guerriers qui menacent les Légendaires de leurs armes.

— Ah, vous voilà enfin ! Bonjour, Légendaires ! dit l'inconnu. Vous en

avez mis du temps ! Je vous attendais, ou plutôt... « nous » vous attendions ! Camarades, soulagez nos invités de leurs armes !

— Un piège ! s'écrie Danaël en dégainant son épée. Mes amis, une nouvelle épreuve nous attend !

— Ça va saigner ! lance Gryf.

— Vous n'en ferez rien ! les prévient le prince. À moins que vous ne

teniez pas vraiment à ce que Jadina conserve sa tête !

Halan a passé une lame sous la gorge de Jadina. Il menace de la tuer.

— Navré, Dina ! murmure-t-il d'une voix triste, mais résolue.

— Halan ! Qu'est-ce que...

— Tu n'as jamais été très douée pour comprendre mes sentiments alors n'essaie pas maintenant...

CHAPITRE 7

Un plan machiavélique

— Ordure ! s'écrie Danaël en laissant son épée tomber sur le sol. Je ne vous ai jamais apprécié, prince Halan ! Mais je n'imaginais pas que vous puissiez tomber si bas.

— Za frise même les égouts ! renchérit Razzia en se laissant saisir.

— On vous faisait confiance ; et vous nous avez trahis ! Et pour quoi ? De l'or ? Du pouvoir ? demande Gryf

tandis qu'on lui ligote les mains dans le dos.

— Rien d'aussi futile, Légendaire Gryf ! répond l'inconnu en s'avançant. Le prince poursuit le même rêve que moi et ne désire qu'une chose... retrouver le cœur du passé !

Il saisit sans douceur le visage de Jadina entre ses griffes d'acier.

— N'allez pas trop loin, capitaine Ceydeirom ! Laissez-la ! intervient Halan.

— Ceydeirom ? répète Danaël. Le capitaine du vaisseau *Evanessor* ?

À cet instant, le chevalier distingue l'éclair rouge sur la cuirasse de celui qui vient de les faire prisonniers.

— Ce symbole ! s'exclame-t-il, comprenant tout. Le bateau pirate que nous avons croisé sur la route portait le même blason ! C'était l'*Evanessor,* n'est-ce pas ? Il ne s'était donc pas perdu ; vous guettiez notre arrivée !

— À vrai dire, que vous croisiez mon navire n'était pas prévu dans le plan ! avoue le pirate, amusé.

— Heureusement que j'étais là pour inventer une belle histoire ! se vante le prince.

— Halan, tout ceci tient de la folie ! murmure Jadina. Qu'as-tu à gagner à t'allier avec ce pirate sanguinaire ?

— Je te le répète, Dina. N'essaie pas de comprendre !

— Allons, prince ! Sa curiosité est naturelle ! déclare le pirate. Les Légendaires souhaitent des explications ? Alors je vais leur raconter de quelle manière ils ont gâché ma vie... et la vôtre ! Il y a encore quelques années, ma femme Sygiga et moi-même formions le couple pirate le plus redouté des océans d'Alysia. Notre amour de la piraterie n'avait d'égal que celui que nous nous portions, un amour que je pensais destiné à traverser l'éternité. Mais il a pris fin le jour où nous avons été touchés par les retombées de l'accident Jovénia ! Éblouie par sa nouvelle jeunesse, Sygiga m'a quitté pour mon second, qu'elle avait jusque-là toujours trouvé trop... « vieux » pour elle ! Ironie ! Mon unique amour et l'homme en qui j'avais le plus confiance m'ont brisé le cœur. Je les

ai tués ! Pendant plus de deux ans, j'ai laissé la culpabilité détruire ma vie... jusqu'à ce que je comprenne que le véritable coupable de la mort de ma femme était en fait l'accident Jovénia ! Autrement dit... les Légendaires ! Je suis alors parti pour Casthell. Je pensais que le lieu d'où

était venu le mal qui rongeait mon existence devait également en posséder le remède. Et je l'ai trouvé ici, dans cette salle secrète !

Il désigne du doigt un autel sur lequel un loup et un dragon d'argent se font face.

— La Temporhell ! La machine à voyager dans le temps conçue par votre ennemi juré, Darkhell !

— Darkhell a construit ce... truc ? s'étonne Shimy.

— Oui, mais il n'a jamais pu l'utiliser ! précise le pirate, brandissant triomphalement le bâton magique de Jadina. Car, d'après ses notes, il lui a toujours manqué le minerai indispensable à son bon fonctionnement... du jade de Gaméragashé !

Jadina est effondrée.

— Le jade de Gaméragashé dont est fait mon bâton-aigle est très rare, dit-elle. Cela explique les multiples tentatives d'enlèvement dont j'ai été la cible à l'époque du règne de Darkhell... Le sorcier n'en avait pas après moi ! Il voulait mon sceptre pour faire marcher la Temporhell !

— Très bien ! Vous nous avez attirés dans un piège pour vous emparer du bâton-aigle de Jadina, O.K. ! Mais vous, prince Halan, qu'est-ce que ça vous rapporte ? s'étonne Danaël.

— Jadina ! C'est Jadina que je veux ! hurle le prince. Si le capitaine Ceydeirom remonte le temps et empêche les Légendaires de se former, alors lui et moi pourrons récupérer nos bien-aimées ! Voilà !

— Halan, tu es vraiment fou ! souffle la princesse. Tu crois que ça changera quelque chose à mes sentiments ? Je n'ai jamais été amoureuse de toi... et je ne le serai jamais. Jamais !

— Mais… moi, je t'aime, Dina ! Alors... toi aussi tu m'aimeras... De gré ou de force ! déclare-t-il en projetant la princesse sur le sol.

—Jadina ! s'écrie Danaël. Halan, espèce de...

— C'est « prince » Halan ! le coupe le prince en lui décochant un coup de pied au visage.

Quand Danaël reprend conscience, le prince et le pirate Ceydeirom sont devant la Temporhell.

— D'après le chevalier, dit Halan, c'est lorsqu'il a rencontré la princesse Jadina que l'idée de former leur groupe a germé.

— Bien, je n'ai donc qu'à empêcher leur rencontre et c'en sera fini

des Légendaires... et de ma souffrance !

Le pirate lève le bâton magique et vient le fracasser sur l'autel de la Temporhell.

— Nooon ! s'écrie Jadina. Mon bâton-aigle !

— Ne pleure pas, Dina ! dit le prince. Quand nous serons mariés, je t'offrirai de vrais bijoux.

— Razzia, fais quelque chose ! chuchote Shimy. Avec ta force, tu pourrais te libérer !

— Ouais, mais pas vous ! Zi ze fais un zeste, les pirates vous zigouilleront !

Pendant ce temps, Ceydeirom rentre la date sur un cadran de la machine à remonter le temps.

— La la la... Trois p'tits tours... et puis s'en vaaaaa ! chantonne-t-il le cœur léger. Mes amis ! Ce n'est

qu'un au revoir ! Quand je reviendrai, le monde aura changé !

Il s'avance debout sur l'autel, entre les deux statues de cristal qui crachent un rayon d'énergie pure. La silhouette du pirate commence alors à se dissoudre...

— Et tout ça à cause de ma bêtise ! culpabilise Jadina. Si je ne faisais pas si facilement confiance, nous ne...

— Non, Jadina ! l'interrompt Danaël. Je t'interdis de dire ça ! Ce sont tes qualités d'âme qui font de toi une femme unique. S'il y avait plus de personnes comme toi, Alysia pourrait se passer des Légendaires.

— Danaël...

— Mais comme ce n'est pas le cas... cette fois encore... le monde a besoin des Légendaires ! s'exclame-t-il.

Sur son ordre mental, son épée d'or s'envole et tranche les liens de ses compagnons avant de se loger dans sa main.

Halan et les guerriers de Ceydeirom n'ont pas le temps de réagir que, déjà, les cinq héros passent à l'attaque.

— Gryf ! Razzia ! Shimy ! Occupez-vous des pirates ! ordonne le chevalier. Moi je me réserve Ceydeirom !

Mais il arrive trop tard : le pirate vient de disparaître dans le vortex temporel.

Danaël se tourne vers ses compagnons, dont tous les adversaires sont à terre, gémissants ou inconscients. Même Halan a été vaincu, d'un direct du gauche en plein visage, asséné par Jadina.

— C'est quoi, la suite ? interroge Shimy.

Le chevalier sourit, et leur tend la main.

— Quelqu'un est partant pour faire un petit voyage dans le passé avec moi ?

CHAPITRE 8

Retour vers le passé !

Le vortex les aspire avec une violence surprenante. Après quelques instants à tourbillonner dans un tunnel d'énergie, les cinq Légendaires retrouvent leur équilibre et se laissent entraîner par le courant.

— En avant ! lance Danaël.

— Z'vais vomiiiiiir ! dit Razzia

Il crache une bouillie verdâtre en direction de Shimy et pousse un long

soupir de soulagement pendant que l'elfe lui hurle dessus, folle de rage.

— Là ! Devant ! s'exclame le chevalier. C'est le capitaine Ceydeirom ! Vite ! Il faut nager jusqu'à lui !

— Nager ? Tu te crois à la mer ? se moque Gryf.

Mais alors que Danaël tente de se diriger en se contorsionnant, son épée d'or l'entraîne à l'opposé du pirate.

— Hé ! Qu'est-ce qui lui arrive ? s'écrie le chevalier. Je ne la contrôle plus ! Où qu'elle m'emporte, il faut qu'on reste ensemble ! Alors, accrochez-vous à moi !

— Je croyais qu'elle ne réagissait qu'à l'appel de ton sang ! s'étonne Gryf en lui attrapant la cheville.

Soudain le prince Halan, qui s'est élancé à leur poursuite, fond sur Jadina et lui agrippe la jambe.

— Tu ne te débarafferas pas de moi fi fafilement, Dina ! déclare Halan.

Sa prononciation est rendue difficile par les deux dents que la magicienne lui a cassées.

— Nous fommes faits l'un pour l'autre !

— Halan ! Lâche-moi !

— Nan !

Mais alors que le groupe s'enfonce de plus en plus loin dans le vortex, une ombre ailée fonce sur eux à une vitesse extraordinaire. Ils ont à peine le temps de la voir arriver qu'elle heurte Razzia. Le colosse lâche Shimy, emportant avec lui Jadina et Halan.

— Cette silhouette... s'écrie la magicienne. C'est Jadilyna !

— Danaël ! hurle Shimy. Stop ! On a perdu Razzia et Jadina !

— Explique ça à mon épée ! panique Danaël, incapable de maîtriser son arme magique.

Soudain, l'épée tourne brusquement vers la gauche et traverse la paroi du tunnel temporel. Durant quelques secondes, ils restent en suspension dans les airs, au-dessus d'une forêt luxuriante. À travers le vortex

translucide, ils voient leurs compagnons emportés par le courant.

— Jadina ! crie le chevalier.

— Danaël !

Le cri de la magicienne se perd au loin, et elle disparaît.

— Jadinaaaaaaa ! hurle une dernière fois Danaël.

Lui, Gryf et Shimy chutent au milieu des arbres et s'écrasent brutalement au sol.

— Ouch, mes reins ! se plaint Shimy. Où est-ce qu'on est tombés ?

— La véritable question est : « quand » est-ce qu'on est tombés ? corrige Danaël. Le tunnel temporel a disparu. Reste à espérer que nos amis sont arrivés à la même époque que nous, sinon...

— Dis ! Elle est où ton épée ? s'inquiète Shimy en regardant autour d'elle.

— Aaah ! C'est pas vrai ! s'affole Danaël en fouillant les fourrés. Vite ! Tout le monde...

— C'est ça que tu cherches, petit ? C'est une bien belle épée ! On dirait presque qu'elle a été faite pour moi.

Les trois Légendaires, pétrifiés, regardent l'adulte qui vient d'arriver. Il porte l'emblème des Faucons d'Argent, et tient dans sa main l'épée d'or qui semble vibrer de contentement.

— Vous avez pris l'épée... Tu... Vous... Vous êtes... bredouille Gryf, en reconnaissant le chevalier.

— Un voleur ? Non ! Je suis un Faucon d'Argent et mon nom est Danaël ! déclare-t-il de sa voix grave et puissante.

— Alors là, on a fait très fort ! murmure Gryf.

À suivre...

UN VOLEUR ? NOON ! JE SUIS UN FAUCON D'ARGENT ET MON NOM EST DANAËL !!
ALORS LÀ, ON A FAIT TRÈS FORT !
À SUIVRE...

RETROUVE LA PROCHAINE AVENTURE DES LÉGENDAIRES DANS LE TOME 6 :

HÉROS DU FUTUR

Après avoir remonté le temps grâce à la Temporhell, les Légendaires se retrouvent face à leurs doubles adultes ! Mais à cette époque-là, Darkhell n'a pas encore été vaincu... Comment pourront-ils affronter les dangers de ce voyage dans le passé sous leur apparence d'enfants ?

LES EXPLOITS DES LÉGENDAIRES CONTINUENT EN BIBLIOTHÈQUE VERTE !

1. La pierre des dieux

2. Les épreuves du Gardien

3. La guerre des elfes

4. Le sorcier noir

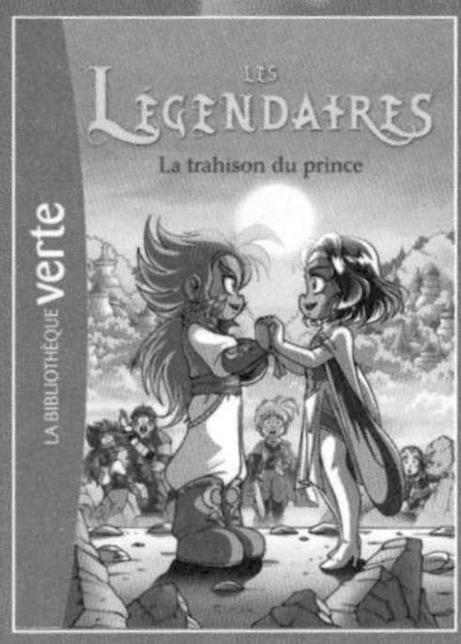

5. La trahison du prince

6. Héros du futur

Et pour tout savoir sur tes héros préférés, file sur : www.bibliotheque-verte.com et sur www.leslegendaires-lesite.com

TABLE

hachette s'engage pour l'environnement en réduisant l'empreinte carbone de ses livres. Celle de cet exemplaire est de :
350 g éq. CO_2
Rendez-vous sur www.hachette-durable.fr

Photogravure **Nord Compo** - Villeneuve d'Ascq

Imprimé en Espagne par CAYFOSA
Dépôt légal : janvier 2013
Achevé d'imprimer : septembre 2015
20.2534.4/04 – ISBN 978-2-01-202534-9
Loi n° 49956 du 16 juillet 1949
sur les publications destinées à la jeunesse